屹立世界巅峰的女王

英子 / 著

图书在版编目（ＣＩＰ）数据

屹立世界巅峰的女王 / 英子著. -- 北京：台海出版社, 2016.8
（极品女人丛书）
ISBN 978-7-5168-1108-5

I. ①屹… II. ①英… III. ①女性 - 名人 - 列传 - 世界 - 通俗读物 IV. ①K818.5-49

中国版本图书馆CIP数据核字(2016)第200016号

屹立世界巅峰的女王

著　　者：英子

责任编辑：俞滟荣
版式设计：深圳时代新韵传媒　　　　　责任印刷：蔡旭

出版发行：台海出版社
地　　址：北京市朝阳区劲松南路1号　　　邮政编码：100021
电　　话：010-64041652（发行，邮购）
传　　真：010-84045799（总编室）
网　　址：www.taimeng.org.cn/thcbs/default.htm
E－mail：thcbs@126.com

经　　销：全国各地新华书店
印　　刷：深圳市源昌盛彩色印刷有限公司
本书如有破损、缺页、装订错误，请与本社联系调换

开　　本：787mm×1092mm　　1/32
字　　数：400千字　　　　　印　　张：25
版　　次：2016年8月第1版　　印　　次：2016年8月第1次印刷
书　　号：ISBN 978-7-5168-1108-5

定　　价：249.50元

前　言

　　此刻，你将走近这些熠熠生辉的女子：林徽因、陈圆圆、西施、张爱玲、李清照、布朗特三姐妹……

　　她们或才华横溢，或沉鱼落雁；她们或成就历史，或改变历史。无一例外的是，她们都有着令人折服的魅力，有着受人尊重的才华，都曾经拥有过荣耀的人生征途。

　　《王朝后院的极品红颜》、《历史上的巾帼传奇》、《屹立世界巅峰的女王》、《令男人放弃江山的美人》、《中外绝代才女秘事》这 5 本书中的 30 个女子，穿越岁月长河与我们相遇。

　　成功男人背后必定有一位与众不同的女人，《王朝后院

的极品红颜》揭开重重历史的迷雾，探寻在成功男人光环覆盖下的聪慧女子。芈月、孝庄皇后、卫夫子、长孙皇后……她们用美貌或智慧改变王朝兴衰、更替历史轨迹。经年之后，当人们再次翻开长卷，风华依旧。

《历史上的巾帼传奇》记载了众多不让须眉的巾帼英雄。红尘滚滚拦不住荏苒岁月，她们以女儿身叱咤在血雨腥风的战场，或凯旋，或失意，得到男儿也鲜有的尊荣和显耀。她们之中有"拜将封侯"的秦良玉，"梵蒂冈封圣"的贞德，乱世浮沉改变了她们的命运，而她们又改变了这个坎坷浊世。

《中外绝代才女秘事》中的主角们如同阳光下盛放的娇艳玫瑰，她们从纯净少女蜕变成绝代才女，走过了花月云雨，闪耀着咏絮之才的傲人华辉。林徽因、李清照、勃朗特、张爱玲……她们才华横溢也百般妩媚，她们燃烧岁月照亮坎坷旅途，谱写动人芳华和生命印记。

自古红颜多薄命。《令男人放弃江山的美人》书写了举世闻名的美女，她们羞花闭月的容颜却敌不过红尘滚滚，甚至无能为力地成为男人的附庸。那惊鸿一瞥的美丽，终究化为袅袅青烟，消散在浩渺天际。貂蝉、西施、杨玉环、王昭君、陈圆圆、赵飞燕……这些耳熟能详的古典美人，逃不过宿命，一波又一波看似繁华的过往，奏出一曲又一曲泣泪哀婉的悲歌。

《屹立世界巅峰的女王》以武则天、伊丽莎白女王、埃及艳后等权力巅峰女王的视角，讲述她们改变世界的旷世惊人之路。她们掀起政坛风云，创造世界历史。

"极品女人丛书"以古今中外杰出的女性为题材，以优美的文风，清新的语言，波澜起伏的故事，展现女性心灵成长轨迹。

这些历史上的传奇女性，她们值得被铭记，值得被传颂，值得我们去阅读，并享受这片刻美好的时光。

目录

第一辑 倾城倾国的埃及艳后

倾城倾国的 埃及艳后

——沧海桑田，岁月枯荣，尼罗河畔，百舸竞发，碧空流尽。

一代艳后，倾城倾国。

在古埃及人的心目中，埃及艳后是尼罗河的女儿、亚历山大城的骄傲，她长袖善舞，裙裾飞扬，风情万种，仪态万千，让凯撒和安东尼钦慕拜倒。即将倾覆的古埃及王朝，因为埃及艳后的斡旋自如，多存活了22年。

懂得如何利用自己的美艳和智慧，实现最伟大的政治目标——保全埃及的独立，重现亚历山大大帝的辉煌。一位情人，一位母亲，一位战士，一位女王，这四种角色贯穿她的一生，对她来说缺一不可。

乱世飘萍独救国

曾经看过伊丽莎白·泰勒的电影《埃及艳后》，华丽恢弘的史诗场景，令人扼腕唏嘘的爱情悲歌，让人想起两千多年前尼罗河畔乱世浊浪中的埃及艳后——克娄巴特拉七世。

有人说，她是"尼罗河畔的妖妇"，是"尼罗河的花蛇"；有人说，她是世界上所有诗人的情妇，是所有狂欢者的女主人。但丁、莎士比亚等都将她描述为"旷世的性感妖妇"；而萧伯纳也称她为"一个任性而不专情的女性"。

古埃及的末代托勒密王朝，是亚历山大大帝的将军托勒密一世建立的王朝。埃及艳后是托勒密十二世和克娄巴特拉五世的女儿，又称克娄巴特拉七世。他们家族是来自马其顿亚历山大大帝的将军的后裔，不过他们都宣称自己是埃及法老，

埃及历史上也承认他们的法老地位。

克娄巴特拉七世出生于公元前 69 年，托勒密王朝已经走到了末世，王国内权欲争斗愈演愈烈，波云诡谲暗潮汹涌，山雨欲来大厦将倾。以法老为首的奴隶主和权贵们过着奢华荼蘼的生活，克娄巴特拉七世从小就在这样的浮华名利场中长大，自然耳濡目染了这样奢靡的生活习气，有了极深的心机谋术。

也许埃及的统治者还沉醉在纸迷金醉、声色犬马的梦幻游戏中，早已忘了几百年前来自马其顿的亚历山大大帝的铁蹄践踏，此时一个庞大威慑的罗马帝国已屹立在埃及西边。

公元前 51 年克娄巴特拉七世的父亲去世，她父亲留下遗嘱指定由克娄巴特拉七世和她的异母兄弟托勒密十三世为继承人共同执政。按照当时埃及的法律，克娄巴特拉七世必须要嫁给自己的弟弟托勒密十三世。

这样通过姐弟通婚绑架政治的做法当然是行不通的，从小目睹领悟宫斗的克娄巴特拉七世自然没有丝毫安全感，作为一个早已成长为具有成熟风韵的女性，这种恐惧不安感犹如

一道裂痕，慢慢推垮了她心中那座安全的堤坝。

克娄巴特拉七世嗅觉到宫廷内的政治风潮，就像身处波涛汹涌大海的一叶扁舟上，她需要瞭望海中云气风向的瞬息流转。作为一个女人，她要与弟弟相抗衡，需要极高的政治敏感和更高明的手段。

这对姐弟同时又是夫妻，他们之间的政治斗争愈演愈烈的结局是克娄巴特拉七世落败，被逐出亚历山大。她在埃及和叙利亚一带重新集结军队，准备再次攻入埃及，重新夺取属于她的王位和冠冕。

这时，突然发生了一件大事，在罗马的政治角斗场上，庞培在与凯撒的斗争中落败，他携残余部队逃亡。凯撒率众追击，经过埃及时，他决定调停克娄巴特拉七世和托勒密十三世的内部厮杀斗争。

克娄巴特拉七世得知此事后，认为这是一个可以利用凯撒攫取权力的机会。她眼眸中微波流转，顿生一计。

她夜间悄悄乘船进入亚历山大里亚，用毛毯裹身，被人抬到凯撒门前。凯撒面对突然降临的克娄巴特拉七世，顿时惊呆了。在凯撒眼里，克娄巴特拉七世犹如天外飞仙降临。她

眉目如画，绰约多姿，吐气如兰，淡雅如梅，这样的智慧与美貌并重的优雅女子，彻底征服了凯撒的心。

从此克娄巴特拉七世成为凯撒的情妇，她用自己的温柔妩媚，将凯撒身上的铁血刚强融化为绕指柔的柔情。凯撒沉醉在克娄巴特拉七世的温柔乡里，对于她提出的要求，从来不曾推辞，一一应许承诺。

在罗马大军的攻击下，托勒密十三世被打败，最后溺死在尼罗河中。克娄巴特拉七世重新驾临国王宝座，而凯撒自然是她的座上宾和香闺情人。

按照埃及的法律，克娄巴特拉七世应与她的另一个异母兄弟托勒密十四世结婚，共同统治埃及。

克娄巴特拉七世虽已东山再起，不过，她不得不警惕王国内觊觎她权力地位的人，同时还要面对托勒密十四世的威胁，因此她不得不仰仗凯撒的支持。

克娄巴特拉七世为了取悦凯撒，总是对他百般逢迎。她经常盛宴款待凯撒，邀请他乘坐华丽的大船，溯尼罗河逆流而上，观赏两岸风光和历史古迹。

在风光旖旎的尼罗河畔，他们挽手徐行漫步；在波光潋滟的河水中，留下他们依偎缠绵的身影；在繁星灿烂的穹顶之下，他们或吟诗或饮酒，共同品味着人生的美好和哀愁。

有人说，埃及艳后是以自己的美色和身体来诱惑征服凯撒和安东尼的，其实这种说法甚为偏颇。笔者认为，尽管凯撒和安东尼是盖世英雄，却被埃及艳后的智慧优雅所吸引。

公元前45年，克娄巴特拉七世和托勒密十四世一起应邀前往罗马，住在凯撒私人宅邸。凯撒建造了一座祭祀尤利乌斯族系祖先的维纳斯神庙，还把克娄巴特拉七世的黄金塑像竖立在女神旁。

这件事在罗马引起轩然大波，罗马贵族不愿意他们眼中的这个妖艳蛇蝎女人，成为罗马帝国的第一夫人。

结果凯撒于公元前44年被刺身亡。克娄巴特拉七世的美梦顷刻化为泡影，她带着一腔幽怨，黯然离开了罗马。

在这个动荡飘摇的末世穷途，作为埃及王朝的统治者，克娄巴特拉七世用她的智慧和手腕，竭立维护自己和王国的尊严地位。虽然她处心积虑机关算尽，凯撒这座她可以依靠的大厦，最终崩塌了，散落在岁月乱殇的暗流中。

克娄巴特拉七世只能乘着华丽的大船，继续寻找可以依靠的彼岸。

　　她离开罗马前的回眸蹙眉秋波一顾，又深深俘获了凯撒的继承人、罗马大将安东尼的心。

情到深处无怨尤

如果说克娄巴特拉七世与凯撒的爱情，是臣服于政治和阴谋的，那么她和安东尼的情缘，可以说是一段轰轰烈烈令人唏嘘扼腕的旷世绝恋。

公元前 41 年安东尼到达西利西亚的塔尔索斯，遣使召见克娄巴特拉七世。

克娄巴特拉七世了解到罗马的政局和安东尼的弱点后，决定巧加利用化解危机，她希望用自己的魅力，再次征服来自罗马的将军。

据说，克娄巴特拉七世乘坐一艘紫帆银桨的镀金大船，她打扮成爱神阿佛洛狄忒的模样，躺卧薄如蝉翼的金色纱帐内，美丽童子侍立左右轻挥香扇，打扮成海中仙子的女婢划

动银桨。河上居民们汹涌围观，疑是爱神阿佛洛狄忒来此与安东尼寻欢作乐。

有人将此事告诉了安东尼后。安东尼大喜，他决定去拜会女神。

安东尼上了船，发现是他心慕已久的克娄巴特拉七世。她那摄人心魄的迷人风姿，优雅自信的婉转谈吐，攫取了安东尼的心。

安东尼神魂颠倒，心旌神往，早已没有一位武将该有的风度。

尽管凯撒和安东尼都被克娄巴特拉七世的绰约风姿所吸引，都对她有着深深的眷恋情愫，不过两人还是有很大差别的。凯撒更多的是把克娄巴特拉七世当做自己的红颜知己，他们之间的情感交流，更多停留在精神层面上，凯撒代表着罗马的荣耀和权力，他就像一尊神一样，高高矗立在奥林匹斯山上。可是安东尼对克娄巴特拉七世爱得更深、更殷切，完全成为她的忠实"奴仆"，而又无怨无悔。可以说凯撒是最好的朋友，安东尼是最好的情人。

安东尼被克娄巴特拉七世的美丽风韵迷惑，对她完全言

听计从，甚至答允她杀害埃及王位的继承人和竞争者、当时避难于以弗所的异母妹妹雅西斯。

为了满足克娄巴特拉七世的野心，安东尼把埃及、叙利亚、塞浦路斯赠给克娄巴特拉七世。

公元前34年，安东尼出征亚美尼亚得胜后，他没有在罗马，而是在埃及的亚历山大按照埃及礼仪举行凯旋仪式，两人同登黄金御座，克娄巴特拉七世称为"诸王之女王"，其子托勒密十五世称为"诸王之王"。

也许安东尼自认为他深爱着克娄巴特拉七世，完全可以不顾罗马的非议批评。在克娄巴特拉面前，他好像变成了一个长不大的孩子，而克娄巴特拉七世也享用着安东尼带来的各种荣耀福利。

安东尼对她的百般依顺反而助长了她的骄傲自负，她竟然要求安东尼休妻。

这无疑是她政治手腕的一大败笔。

公元前32年安东尼和屋大维的政治斗争趋于尖锐，最后完全决裂。安东尼正式修书遗弃其妻奥克塔维娅。屋大维发誓为姐姐雪耻。

当时安东尼立下遗嘱，对克娄巴特拉七世及其子女的领土分配作了安排，还指令日后将其遗体安葬在亚历山大里亚。

安东尼的遗嘱传到罗马，罗马人义愤填膺。元老院和公民大会以侵占罗马人民财产为由，对克娄巴特拉七世宣战，并剥夺了安东尼的执政官职务以及其他一切权力。

当安东尼和克娄巴特拉七世站在恢弘雄伟的大殿上，看着远方驶来罗马大军的层叠帆影时，他们紧紧相拥着，第一次流下热泪，这是爱的眼泪，也是预感生离死别的眼泪。

安东尼和屋大维大军会战，激战惨烈。安东尼舰队受挫，克娄巴特拉七世突然撤离战场，安东尼随即追赶爱人而去，任他的作战部队惨遭歼灭。

屋大维进攻埃及，包围亚历山大里亚。安东尼看到大势已去，伏剑自刎。克娄巴特拉七世的世界终于塌陷了。

芳魂陨落尘寰中

作为一个"无与伦比的女人"，埃及艳后是美貌与智慧、天使与魔鬼的结合体，她比大多数女性更具有女人的气质和魅力，比大多数男子具有更大的力量和决心。

有人说，她是大地上的凡人，又好像是按照上天的节奏而活跃于人世的女神。

也有人说，她是古埃及王国最聪明能干的统治者。她懂得如何利用自己的美艳和智慧，实现最伟大的政治目标——保全埃及的独立，重现亚历山大大帝的辉煌。

一位情人，一位母亲，一位战士，一位女王，这四种角色贯穿她的一生，对她来说缺一不可。

作为埃及的统治者，克娄巴特拉七世想要维护自己的尊严地位，尽力保全埃及王国。安东尼死后，克娄巴特拉七世

躲进了墓堡，想继续负隅顽抗。

作为凯撒的养子和罗马的新执政官，屋大维誓要生擒克娄巴特拉七世。

当克娄巴特拉七世从罗马侍从口中得知，屋大维要将她送到罗马，凯旋时游街示众。克娄巴特拉七世顿觉心灰意冷，她深感生无可恋，决定从容赴死。

她在死前给屋大维写了一封信，要求死后和安东尼埋葬在一起。

据流传下来的故事记载，侍女们将一条叫做"阿普斯"的毒蛇，装在无花果的篮子里送到克娄巴特拉七世面前，她抓起小蛇让它咬了自己的丰乳，结束了自己的生命。

传闻塑造了一个美艳绝伦的艳后形象，她的神秘莫测自然成为世人关注的焦点。虽说野史、传说和文学作品经常能读到这位"埃及艳后"的故事，但有关她本人的文献资料却少之又少。历史上真实的克娄巴特拉七世究竟是一个什么样的女人？

伦敦大英博物馆举行的"埃及艳后"展览，揭开了这位

传奇女人的面纱。

这是首次同时展出 11 具克娄巴特拉七世的雕像，而这批雕像过去一直被误传是其他王后。从这些雕像看，埃及艳后只不过是个长相一般，脸上轮廓分明，看起来较为严厉的女人。她个子矮小，身高只有 1.5 米，身材明显偏胖。她的衣着也相当朴素，甚至脖子上有很明显的赘肉，牙齿长得毫无美感。这或许更接近历史上的"埃及艳后"。

由此可以推测，凯撒和安东尼拜倒在克娄巴特拉七世的石榴裙下，与她的姿色并无直接联系。在中世纪的阿拉伯学者眼中，"埃及艳后"不是靠美色，而是靠卓越的思想和学识征服他们的。

克娄巴特拉七世在当年的阿拉伯世界是一位备受尊崇的大学问家，她对炼金术、哲学、数学和城市规划无一不晓。她聪明、诙谐、谈吐迷人，而且她还具有惊人的毅力。克娄巴特拉七世精通多种语言，她的第一语言是希腊语，她还会说拉丁语、希伯来语、亚拉姆和埃及语。

英国学者在研究阿拉伯文献时发现，克娄巴特拉七世并不像希腊传记中描写的那样只是一个美丽妖娆、专爱勾引男人的风流女子，她可能是一个富有才华的数学家、化学家和哲学家。克娄巴特拉七世写过好几本关于科学的书，她的宫廷也绝非淫荡之所，而是知识分子聚会的地方，她经常和一些科学家开会讨论科学问题。

埃及艳后绝非只凭借美色来捍卫自己的王国，她统治埃及是靠聪慧和勇气，这才是埃及艳后美丽和智慧的真正体现。她与罗马将领相处的三件武器是：泼辣、智慧和温柔。

在埃及艳后执政期间发生了历史上有名的"亚历山大图书馆大火案"，这座当时世界上首屈一指的图书馆毁于一旦。亚里士多德和柏拉图的手稿估计就在其中，有一个房间放的全是荷马的作品，珍贵的《圣经旧约》早期文稿也在这次大火中遗失。一向推崇科学的埃及艳后，她的悲伤是不难想象的。

由此可见，埃及艳后以美貌蜚声于古今中外，而智慧才是她最值得称道的资本。

第二辑 印度民族女英雄占西女王

印度民族女英雄
占西女王

——她原本可以过着骄奢、安逸的宫廷生活，不用在战场上跟比她强壮的男人厮杀，但她胸怀天下，有着男儿般的凌云壮志，面对强大的英军毫不畏惧，勇猛杀敌，令敌人又恨又怕。

她仿若在战场上盛开的血色玫瑰，那样耀眼，那样璀璨。

她就是拉克希米·拜依，印度人称她为占西女王，英国人称她为"魔鬼的化身"。

她是印度人民的骄傲，是永远的占西女王。

身不由己入王室

这个世界上总有这么一群女人，她们像男子一样勇敢，明知前路荆棘，也会迎难而上，为国为民奉献生命。

他们做的一切都只是为了黑夜过后的黎明。或许黎明不到，她们就已经倒在了漫漫征途上，却毫无悔意，她们留给后人的是一笔巨大的精神财富，激励着人们前仆后继，奋勇向前。

这样一群可歌可泣的民族女英雄，散落在世界各地，如中国的秋瑾，法国的贞德，还有印度的占西女王。

而在这三人里，占西女王也许很多中国人都不熟悉，但在印度，她就是神圣的象征，被印度人民，尤其是占西的人民永远地铭记。

她原本可以过着骄奢、安逸的宫廷生活，不用在战场上跟比她强壮的男人厮杀，但她胸怀天下，有着男儿般的凌云壮志，面对强大的英军毫不畏惧，勇猛杀敌，令敌人又恨又怕。

她是印度人民的骄傲，是永远的占西女王。

在19世纪，印度逐渐沦为英国的殖民地，饱受英国殖民者残酷压榨和肆意掠夺。

为反抗英国殖民统治，印度人民举行了大规模的民族解放运动。这次运动规模之大，地区之广，在印度反抗外国侵略的斗争史上是空前的。

乱世，必然意味着会涌现大量的英雄，而在众多男性英雄里，独有那么一位女性，她仿若在战场里盛开的血色玫瑰，那样耀眼，那样璀璨。

她就是拉克希米·拜依，印度人称她为占西女王，英国人称她为"魔鬼的化身"。

1828年，印度教圣地瓦拉纳西城，在这风雨飘摇的土地上传来一声婴儿的啼哭，一个小女孩出生了。

这里有举世闻名的恒河浴场、神圣的印度金庙、圣洁的

印度之母庙和庄严的拉玛王庙。

不平凡的地方注定会诞生不平凡的人。

她的父亲给她取名拉克希米·拜依，在印度语里的意思是"赐福女神"。

在她三四岁的时候，拉克希米跟着父母亲搬到了首府马拉塔，住在首相巴吉·拉奥二世的王府之中。拉克希米像个男孩一样勇敢、洒脱，与拉奥二世的两个养子一起学习骑术、剑术和射击。7 岁的时候，她已经可以骑马射击了。

1842 年，刚刚登上占西王位的冈迹德·拉奥，为了能够延续家族世世代代的王位，决定娶一位皇后，生皇子，继承他的祖业。

他看上了当时在首相巴吉·拉奥二世王府的拉克希米，于是向她的父母提婚，一场政治婚姻由此开始。

拉克希米毫无选择地嫁给了冈迹德，那时的她甚至连男女之事也毫不知晓。

结婚的当天，已经四十来岁的国王，领着一个亭亭玉立、美貌绝伦的小姑娘来到主神的面前，举行隆重的婚礼。

在现代的中国看来这是一件很荒唐的事，但在印度，这样的事太过寻常，印度的传统文化里早就有早婚、童婚的习俗。

　　7岁的拉克希米被选为王后，王室从小对她加强培养，务必使她成年后能够辅助丈夫。

　　拉克希米能够成为王后，既是幸，也是不幸。

　　不幸的是，这是一场政治婚姻，没有爱情，没有选择，一入王室深似海。

　　幸运的是，作为王后，她能受到更好的教育，随着年龄的增长，她的知识和处事能力也一天天提高。

　　拉克希米的父亲莫洛鹏出身平民，只是马拉特公国首相的随员，她从小接触到各种不同的人，使她学会了体恤和团结大家，在宫廷内外受到普遍的尊敬和爱戴，为她打下了群众基础。

　　拉克希米也曾为比自己大几十岁的国王生下一子，但遗憾的是小王子刚满3个月就因病夭折了。

　　早婚早育的弊病就在于此，不过印度医学和观念较为落后，所以至今都还延续着过去的传统，这也是印度人口死亡率高的原因。

1853 年，占西国王冈迹德不幸病故，由于没有子嗣，拉克希米·拜依便以占西女王的身份开始执政，成为占西王国的实际统治者。这一年，占西女王刚满 18 岁。

冈迹德国王死后不久，英国驻印度总督就以占西国王无子嗣为理由巧取豪夺，妄图将占西强行合并入东印度公司管辖范围，使之成为英国直接统治的殖民地。

但是，热爱独立的占西女王，断然拒绝向英国屈膝，坚决不愿卖国求荣。她宣布起义，举起了民族解放的旗帜。

她号召占西人民，决不放弃他们世世代代生活的土地，要以武力消灭英国侵略者。

贪婪的英国殖民政府绝不放过蚕食印度的任何一次机会，他们根本不管这些，强行兼并了占西领地。在殖民者看来，印度土邦的王公们都惧怕他们的淫威，何况一个二十来岁的寡妇。

1858 年年初，英国殖民当局制定了镇压印度各地起义的军事计划，其中便有占西，负责攻打占西的英国将领叫邓洛普，是一位富有经验的军事将领。

奋勇抗敌书神话

面对大军压境，占西女王已经不仅仅是那个聪颖、勇敢的女人，女王的身份赋予她更多的是国家使命，她已经完全改变了人生角色。

"我决不放弃我的占西，谁敢占领占西，绝没有好下场。"

这是她曾对英国官员所说的话，也是她的宣言。

占西城地势险要，东、西郊都是险峻高山，只有南郊地势较为开阔，适合攻城。

英国军队一接近占西，就到处受到阻击。加之占西女王实行坚壁清野，英军无粮，无饲料，处境十分窘迫。

为了摆脱困境，英军急不可待地开始了对占西城的围攻战。

在占西女王英明的领导下，起义军取得节节胜利。很快，起义军占领了敌人的军火库，击毙了英国在占西的最高指挥官邓洛普，保卫了他们的占西。

英军被迫投降，占西领地解放了，人民欢庆，占西女王重登王位。

女王重新执政后，为了配合印度各地的反英斗争，率军南征北战，沉重地打击了英国殖民统治者。

可是这种短暂的胜利没有维持多久，英军攻陷德里，起义军遭受了重大失败。英军借此机会，士气大振，便调军队扑向占西。次年一月，英军到达占西。

1858年3月23日，占西保卫战打响了。

面对英国殖民者的残酷压迫，毫无退路的占西人民明白一旦被英国人进入自己的家园会遭受怎样的厄运。

他们自愿在占西女王的领导下，团结一致与英国侵略者展开了一场殊死搏斗。

门外高地上的英军大炮轰鸣，震耳欲聋，猛烈的炮火以摧枯拉朽之势倾泻到沙扬门和乌奇门之间的城墙上。全副武装的英军，在炮火掩护下向前突击。

占西女王命守城的军队按兵不动，待到英军逼近后，才射出一排排子弹。英军损失惨重，仓皇溃逃。

英军不甘心失败，英国新派来的最高指挥官罗斯命令连夜在柴尔山火速布置炮兵阵地。

万火齐发，这时工业大国的优势显现出来，占西军遭到了很大的伤亡，元气一下便受损。

占西女王见此情景，不顾敌人的猛烈炮击，骑上马，在全城各个地区巡视，鼓舞军民的斗志，鼓励士兵同心协力战胜强大的敌人。

到了保卫战的第七天，在英军的连续炮火轰击下，汗劳门的部分城墙被炮火轰塌了，出现了一个缺口，英兵立即向攻开的缺口冲去。守军将领刹格星带着仅仅一百多名占西士兵，奋勇冲下城，用肉体挡住英军的枪支弹药。

城堡保住了，但许多士兵没有回来，刹格星也为国捐躯了，城内开始弥漫着亡国之气氛，人人惶恐不安。

占西女王听到刹格星牺牲的消息，心中十分悲痛，但她

深知战争的残酷，没有时间让她去感春悲秋。为了重新提振士气，她连夜命人修整城墙。

第二天天亮前，那座挡在英军面前的高大城墙又一次完美地出现，惊得英军目瞪口呆，连英军最高指挥官罗斯都不得不感叹占西女王和占西人民的战斗能力。

悲伤与绝望的气氛顿时烟消云散，守卫占西的人们振作起精神，恢复了信心。他们敲起战鼓，吹响号角，炮弹像暴风雨般地落在英军的阵地上。敌人发起的一次次进攻都被打退了。

残酷的沙场上，并非人人都是坚定不移的爱国人士，这时出现了个别贪生怕死的士兵。

占西城保卫战进入了第十二天。

天微拂晓，负责驻守南门的军官都哈祖私通外国，投降了英军，如同当年吴三桂放清兵入关一般，他打开了占西的大门，放那些残忍的侵略者进到占西的土地。

英军为了报复这些天来的损失，对城中的百姓大肆屠杀，放火焚烧占西的图书馆和博物馆。

女王在城堡看到这一幕人间惨剧，不由得怒火中烧。她立即召集城堡里的全体军官，向他们宣布了自己的决定：

"走出城堡，解放占西城！"

女王率领最后剩余的那一千多名战士冲出城堡，与敌人展开了巷战。

然而实力悬殊，一千多名战士虽然个个勇猛，但是人数的差距，最终让他们倒在了血泊里。

在下属苦心劝诫下，占西女王只能退出占西。虽然这是她很不愿做的事，可是如果她倒在了这里，谁带领大家夺回占西？

夜半时分，她身着男装、手执宝剑，骑着马儿带着达莫德王子出了城堡大门。跟在她后面的是几十名亲信骑兵和两百多名步兵，也是占西保卫战活下来的士兵。

刚出大门，所有的人好像听到口令似的不约而同地勒住马，回过头告别故乡占西。

此去不知何时才能回到故乡，城中父老乡亲的哭喊声不绝于耳。

占西女王，还有那些幸运活下来的士兵们潸然泪下。

女王离开占西后，占西城立即全部陷落。英国兵占领城堡后，立马屠杀、放火、抢劫，行径如同恶魔强盗。三千多无辜居民在屠杀中无一幸免，尸骨累累堆满大街，七天也没人来收尸。

英国人血洗占西城的暴行传来，女王的内心充满了愤怒和悲痛，她非常后悔离开。每日对英军都恨不得食其肉寝其皮，挫骨扬灰，为死难的同胞报仇。

"我将全力以赴，击溃英军！"

饮恨黄泉心铭记

占西女王率领活下来的士兵，与其他的起义军汇合，经过整顿，他们率领起义军西征军事重地瓜廖尔，以那里为基地，向英国人发起进攻。

瓜廖尔的士邦王信地亚是英国殖民者的忠实走狗，起义军对其毫不客气，以迅雷不及掩耳之势攻占了瓜廖尔城，并成立了新的政府，任命坦地亚·托比为起义军总司令。

在占西女王的建议下，坦地亚·托比着手扩充军队，数千名战士投入了新的战斗，起义军的大炮又开始向英军轰击了。

战场上的胜败不会因为这是一场民族正义的解放战争而偏向印度。

占西女王无法控制战争的局势，但是她仍希望尽自己的力量维护国家尊严，力争民族独立。起义军和英军的势力非

常悬殊。

英军发起进攻后，东南郊一带战斗十分激烈。

占西女王披甲上阵，挥舞着宝剑，率领她的军队向敌人发起一次次冲锋。

瓜廖尔最终还是被英军攻陷了。那一刻，女王亲自率领一百多名起义军在东门外拼杀，阻挡英军的攻势，为起义军争取时间。她挥舞着双刀，冲杀在最前面，鲜血染红了战场，厮杀声、刀剑声在耳边不停地回响起。

战争是残酷的，时间在一秒一秒地过去，起义军的人数也越来越少。

此时，占西女王不仅仅是首领，更是一名勇猛的战士，她果断地作出判断，带领几十名亲兵，杀出一条血路暂时退到河边。

6月18日，太阳刚刚升起，英军便悄悄地逼近女王的阵地。

一场残酷的战斗再次开始，没有留给女王任何的喘息机会。残忍的敌人一围而上，女王奋勇杀敌。

在这场众寡悬殊的战斗中，女兵玛达尔和十几名骑兵先后阵亡。英国骑兵也损失惨重。

临近黄昏时，占西女王带着卫士，冲出包围圈，来到一条名叫松列卡的小河边。过了这条河，就可以找到撤退下来的其他起义军，也就可以摆脱英军的追赶了。

但是，女王的马连续战斗已筋疲力竭，它没有女王坚韧的意志，无法承载过于沉重的包袱。

这样就给英国骑兵赢得了时间。他们很快追上了女王和她的卫士。

几声枪响，占西女王倒下了，鲜血浸透了她的战袍，汗水模糊了她的双眼，可是她心中坚强的意志并没有被击败。她用力按住腿上的伤口，咬着牙，奋力站起，女王又重新站起来投入到战斗中。

她圣洁的鲜血就像无数条燃烧的熔浆，挥发着最后的生命，最后点点滴滴落到了脚下的土地上，化作岩石。

她不幸落马身亡，年仅23岁。

占西女王最终没能等到民族解放的那一天，倒在了黎明

前的黑夜之中。她是无悔的，就如山川悬崖般坚忍不拔，没有人能撼动她对祖国的爱。

在她临死前，卫士赶来，扶起从马上摔下来的女王。

女王嘴里发出喃喃的细语声："光荣……属于……占西……"女王的脸上不是悲伤，而是喜悦。

卫士把占西女王的遗体运到附近的巴洼村，洗净了她身上的血污，根据印度传统的习俗，架起了柴堆，把她火化了。

她的表情永远地定格在这一瞬间，仿佛永恒的火焰，熊熊燃烧，不会熄灭，正如印度的解放运动，会一直进行下去，直到把英国侵略者赶出去为止。

当代印度史学家申博士曾说：

"占西女王的功绩，即使在一百多年后的今天，印度人民仍在赞颂着。英国侵略者管她叫'魔鬼的化身'，然而在印度人民的心目中，她是一个永不消逝的巨人。"

她是人民心中的英雄，也是印度民族解放运动的英雄。人民按照印度教的仪式为女王举行了葬礼，是对她最高的敬意，让她的尸身不用受到英国人的摧残。

当熊熊烈火吞噬了女王那不屈的娇躯时，每个人都为她哀悼，他们不愿她就此随风而去。他们希望她还能带领他们走到黎明的曙光里。

其实占西女王虽然身死，可是她的精神将永远激励着印度人民，尤其是见证她死亡的那群士兵。

他们在女王死后，依然投身于起义战争，将她的精神传承下去，让英国人看到了印度人民那种不甘屈辱和压迫，不畏强暴的精神，为了争取民族尊严和民族独立，将不惜一切代价的决心。

第三辑 开创黄金时代的伊丽莎白女王

开创黄金时代的伊丽莎白女王

在莎翁的鹅毛笔底的锦绣繁花中，是伊丽莎白女王开创的黄金时代。

伊丽莎白女王是英国历史上最著名的君主之一，为了国家的统一与强大而终生不嫁，成就了一个辉煌的时代——伊丽莎白时代。

她凭借高超的航行技术，使英格兰之船航行在惊涛骇浪险滩暗礁之中，终于驶入更加广阔的世界海域，为日后"日不落帝国"的建立奠定了坚实基础。因此，她被称为荣耀之神、古典神话中的圣贞女、"世界凤凰"、"海盗女王"。

血雨腥风浸浮生

看过电视剧《都铎王朝》和电影《鸠占鹊巢》，对于英国国王亨利八世时期的宫闱深闺中惊心动魄的阴谋斗争，便会有所了解体会。

都铎王朝的亨利八世娶了信仰天主教的西班牙皇室的阿拉贡·凯瑟琳，可是凯瑟琳王后一直没有生下男孩，只生下一个女儿玛丽，这导致本就风流成性的亨利八世更毫不顾忌地去招蜂引蝶，尽享声色犬马的感官享受。

亨利八世看上了凯瑟琳王后的侍女安妮·博林，他希望立安妮为皇后。安妮曾在法兰西宫廷做过侍女，对奢华宫廷生活早已耳濡目染。

颇有心机的安妮将亨利八世玩弄于股掌中，而且她发誓在未被立为皇后之前，绝不答应和亨利有任何肉体上的接触。被情欲撩拨得心急火燎的亨利八世决心要废掉凯瑟琳王后，

立安妮为新王后。

1526 年，亨利八世向罗马天主教皇提出与凯瑟琳离婚的申请，此时凯瑟琳王后的侄子正带兵攻进罗马，教皇不敢得罪西班牙，因此拒绝了亨利的离婚请求。

亨利看到自己的期望落空便暴跳如雷，他决定孤注一掷。1533 年他宣布英国为新教国家，断绝与罗马教廷的关系，英国国王成为国家政教合一的领袖，亨利的离婚纠葛由此而得到解决。经议会批准，亨利八世与安妮正式结婚。

当亨利八世向玛丽的母亲提出离婚时，玛丽的脸上就再也没有出现过笑容。玛丽被送到皇宫外的一处住所单独居住，那年她刚刚满 12 岁。玛丽牢记母亲的教诲，永远不要承认私生女的身份，永远不要承认违背天主教教义的法案。

安妮生下女儿伊丽莎白，又一次使亨利失望，父亲抱怨她为什么不是男孩。

伊丽莎白出生后的前三年是无忧无虑的小公主，然而好景不长，父亲亨利的喜怒无常暴虐凶残，令人无法安然生活。1536 年 1 月，安妮身怀的男胎流产，亨利为此龙颜大怒。3 月，便以"乱伦"、"通奸"罪名逮捕了安妮，不久，又将她处死。

未满四岁的伊丽莎白目睹父亲下令砍下母亲的头，紧接着她被宣布为私生女，连宫女都能随意地欺负她。

她明白，在宫廷中没有任何人可以依靠，如果想活下去就必须忍耐，让自己变得无足轻重。

母亲安妮死后，亨利八世先后又娶了四个妻子，但只有简·茜摩为他生了一个儿子——爱德华。在后来的继母中，只有帕尔对伊丽莎白影响最大，因为帕尔酷似其母。1543年亨利与帕尔结婚时，父亲将伊丽莎白驱逐出宫，并拒绝接见她。她写信给帕尔，求她向父亲说情，以返回宫中，帕尔满足了她的愿望。

与帕尔的亲密又把伊丽莎白拖入到一场意想不到的灾难中去。1547年亨利八世去世，年幼的爱德华即位，由萨默塞特伯爵摄政。亨利去世不久，帕尔便和摄政大臣的弟弟西摩秘密结婚。西摩是位花花公子，他把帕尔弄到手后，又把眼睛盯到少女伊丽莎白的身上。他常常跑到伊丽莎白的房间与其戏耍，借此欲与她同床。也许正是年幼时的精神上的伤害，导致她即位女王后，不愿与男人有肌肤之亲，从而终身未婚。

1550年，诺色伯兰伯爵取代了萨默塞特的摄政地位。这位野心家为了能够长久地占据这一位置，阴谋以继女取代玛丽。1553年7月，在爱德华生命垂危之时，诺色伯兰私下要求伊丽莎白放弃王位继承权，并拒绝到伦敦支持玛丽政权，作为交换条件，她将得到用不尽的土地和财富。

　　此时，经过政治磨难的伊丽莎白已经成熟起来。她不想放弃王位继承权，更不想参与到这种冒险阴谋中去，她巧妙地与诺色伯兰周旋。不久，诺色伯兰阴谋失败，伊丽莎白立即表示支持玛丽，玛丽成为新女王，伊丽莎白陪同玛丽一起进入伦敦。

　　尽管伊丽莎白对玛丽政权表示支持，但是玛丽并不放过她。玛丽在执掌权力后，便把久已积压的忿恨，公开地向伊丽莎白发泄出来。

　　玛丽登上王位后，天主教在英国复活。玛丽不能容忍伊丽莎白的新教信仰。为了争取生存伊丽莎白违心地接受了天主教，但还是遭到玛丽的攻击。玛丽女王很快发现妹妹并不是真心改信天主教，伊丽莎白的一切财产再次被剥夺，她被关押在一座废弃庄园中。

　　伊丽莎白在牢狱之灾中还经历了她人生中最刻骨铭心的爱情。在这儿她遇到了她青梅竹马的玩伴罗伯特·达德利。罗伯特·达德利成功地将一个狱卒的儿子，变成了他和伊丽莎白之间的信使，小男孩经常为他们送信，还每天送伊丽莎白一朵玫瑰花，为狱中的伊丽莎白带去了安慰和坚持下去的力量。

　　1553 年，38 岁的玛丽女王与西班牙王室联姻。英国参与了 1557—1558 年西班牙对法国的战争。以托马斯·怀亚特爵士为首的一批贵族密谋废黜玛丽，以伊丽莎白取而代之。但是怀亚特无意中泄露了天机。

怀亚特事件再次把伊丽莎白牵涉进来，她将受到生死考验。玛丽感到伊丽莎白的存在是对她王权的最大威胁，因此，必欲置之死地而后快。

玛丽命令伊丽莎白立即来伦敦，准备把她囚禁起来。伊丽莎白患上了猩红热病，她的双腿浮肿，肾脏也遭到严重损伤，身体极度虚弱。人们用担架把伊丽莎白抬到马车上，她穿着一身白衣，蜷缩在马车的窗户旁，看着英国的山川原野。

伊丽莎白来到伦敦后，被审判关入伦敦塔，她写信给玛丽申辩，当这封信送到玛丽面前时，玛丽连信也没拆便把它丢掉，并坚持认为伊丽莎白有罪。此时，伊丽莎白感到绝望，她认为自己将会步母亲的后尘，从伦敦塔走向断头台。

当一艘驳船载着伊丽莎白驶向伦敦塔时，伊丽莎白不禁失声痛哭。她在滂沱大雨中对天呼叫："我是一个真正的臣民，而不是一个囚犯。上帝，我在你面前祈祷，我已没有一个知己，只有与你同在。"随行的贵族、绅士都为她惨遭不幸而落泪。

几天后，加德纳和其他 9 名枢密院成员来到伦敦塔。审讯的主要问题是伊丽莎白与怀亚特事件的联系。在证据不足

的情况下，政府下令释放伊丽莎白，将她流放到牛津以北的伍德斯道克，她总算逃脱了这场劫难幸存下来。

伍德斯道克偏僻荒凉，伊丽莎白只能住在破败的土屋里，她在这儿度过了 10 个月艰难的流放生活。

1557 年 11 月 17 日，玛丽在痛苦与孤独中去世。伊丽莎白在经历了种种打击与苦难后，终于登上了英格兰的王位。

在前去加冕经过伦敦城时，她特意停留片刻对夹道欢迎的人群作了简短演讲。她激动地说："是时间把我带到这里，并承认我为女王。"

昙花开处照宫闱

在伊丽莎白女王在位的 44 年时间里，她一直都没结婚生育过。她牺牲自己成就了伟大的英国，使英国进入了更昌盛的时代，历史学家称这一时期为"黄金时代"。

伊丽莎白曾经是个浪漫、天真、聪慧的少女，在目睹并亲身经历了许多腥风血雨后，她变成了深沉、果断、毫不留情的强势女王，在这一巨大的转变背后，她肩负了巨大的痛苦折磨。

伊丽莎白也曾有过青春浪漫的少女情怀，特别是她被关押在伦敦塔中时，与罗伯特·达德利产生过微妙的爱情情愫。因为达德利只是个跟王室沾点边的小贵族，伊丽莎白碍于身份不可能与其结为夫妻，但后来达德利爵士始终是伊丽莎白最信任的密友。

所谓"发乎情，止乎礼"，身份地位上的天然鸿沟，阻

碍了一对可以成为伉俪的恋人的结合，最后变成怀想眷恋的友情。曾经憧憬的浪漫爱情，变成随风而逝的只能去追忆的隐隐心痛。无数个灯影幢幢暗夜，女王独枕长夜漫漫，在寂寞孤独中徘徊难眠。

当伊丽莎白的表侄女玛丽生下儿子时，女王在一群诚惶诚恐的女士面前，终于崩溃了，她放声大哭。她哭道："苏格兰女王生了一个儿子，而我是一个不结果实的枯枝。"

伊丽莎白在幼年时目睹父亲亨利八世杀死母亲安妮·博林王后的一幕，这种痛苦变成她脑中一辈子挥之不去的梦魇，以至于女王没有能力完成性爱。

即使她的情人罗伯特·达德利伯爵一直都在帮助她摆脱这种恐惧，但女王还是无法治愈心理疾病，而她的健康也因此受到严重损害，甚至面临死亡。

英国舞台剧《伊丽莎白》将女王与罗伯特·达德利伯爵描述成一对浪漫情侣；而好莱坞即将拍摄的有关伊丽莎白一世的电影，也打算让女王与她的另一位情人沃尔特·拉雷格爵士有肌肤之亲。

女王并非是没有情欲的人，她同其他女人一样，希望有人向她求爱，欣赏他们的殷勤和赞美。因此，在女王的石榴裙边围绕着一群宠臣。

在这群人中，她曾经喜欢过林塞斯特伯爵，然而他的妻子罗布莎突然不明不白地死去，引起朝廷议论，人们都怀疑是伯爵谋害其妻。女王清楚如果同林塞斯特伯爵结婚，必定会引起臣民震惊，削弱属下对她的忠诚。

政治上的审慎和冷静，使她把自己封闭起来。也许在女王看来，保持独身对臣民会具有更强烈、更长久的吸引力，会吸引更多的爱。当然这种爱早已超越了男女之间的情感，成为一种更多精神层面的对女王的欣赏和诚服。

其实自她即位后，议会一次次恳求女王择婿，期望她能为王室留下继承人。然而，女王对此无动于衷。后来，当议会代表团再次恳求女王时，她戴上了结婚戒指，并说："我已经献身于一个丈夫，他就是英国。"

伊丽莎白即位后，西班牙的腓力二世和法国王子都曾向她求婚。她清楚王室联姻是政治性的，她不想因自己的婚姻使英国从属于西班牙或法国，而使英国遭受伤害。但是她又不想由此得罪两国，使英国变为他们攻击的对象。

于是女王开始与他们巧妙周旋。对西班牙的求婚，她给予模棱两可的答复，使西班牙对这桩婚事始终抱有希望，以此拖延西班牙对英国军队的直接进攻。对法国的求婚，女王也采取了同样手段，她以娓娓动听的言词来掩饰自己的真实意图。同法国的婚事谈判拖延了多年。为了保持她所需要的中立，最后停止了一切谈判。

如果说女王拒绝与西班牙和法国联姻是为了保持英国的中立，那么，她完全可以从英国挑选一位称心的绅士。然而，她也没有这样做。

随着时光的流逝，女王红颜褪尽。晚年，她成为一个反复无常性情孤僻多疑的老人。她常常阴郁地在宫廷中徘徊，两眼失神地张望着；有时拔出宝剑愤怒地刺向墙上的挂毯，怀疑那里隐藏着敌人。她的抑郁心情越来越重，唯有使她感到快慰的是，在她的治理下，英国已经强盛起来。她曾自豪地对大臣讲：“再也不会有像我这样的女王，把满腔热忱倾注于国家，精心料理我的臣民。”

1603年3月女王病倒，并失去了语言能力。临终前，她用手势向议员传达了她的遗嘱：苏格兰国王詹姆斯为英格兰王位继承人。3月23日，女王去世，身边的人默默地从她手上取下了那枚象征嫁给英国的结婚戒指。

怒海争锋大时代

伊丽莎白女王在位 44 年，这位饱经了凄风苦雨的女王，以她坚定的意志、丰富的政治经验，带领英国走进了一个政治稳定、财力充实、军事强大的时代，从而出现了一个被英国人称之为"光荣的时代"——伊丽莎白时代。

伊丽莎白女王即位时，英国还是一个外债累累的国家，到 16 世纪 80 年代，英国财政收入比 1568 年增加了两倍，不仅偿还了外债，而且国库已有相当积累。

女王生性节俭，却追求金钱。对宫廷开支，她总是精打细算，省之又省。因此，伊丽莎白时代的宫廷开支不到玛丽时期的 1/3。女王的节俭近乎到吝啬，比如她喜欢跳舞，但盛大的舞会通常不是在宫廷，而是在大臣的庄园和官邸举行。女王的节俭影响着大臣，他们知道女王喜欢节俭，因此，也不敢过于奢侈。

一位著名的英国传记作家曾这样描述伊丽莎白一世："这只凶狠的老母鸡一动不动地蹲着，孵育着英吉利民族，这个民族初生的力量，在她的羽翼下，快速地变成熟，变统一了。她一动不动地蹲着，但每根羽毛都竖了起来。"

　　在建立"日不落帝国"基础的过程中，英国海盗们立下了汗马功劳。英国海盗被女王亲切地称为"我的海狗"，为女王和国家带来了无数的金银财富。

　　西班牙在 16 世纪是世界霸主，1580 年至 1640 年，西班牙将葡萄牙合并，成为世界上最有实力的国家，独占海上贸易与来自美洲的大量金银。在这种情况下，英国女王及她的商人兼海盗不承认西班牙的贸易独占。伊丽莎白公开宣称，英国的商人需要英国战舰保护。另一方面，西班牙对尼德兰革命的军事镇压、财政压榨和宗教迫害，大大损害了英国对尼德兰的传统的贸易关系。

　　16 世纪中期，英国的海盗巨头霍金斯、德雷克、雷利、夫洛比塞等组建海盗企业股份公司，女王成为这些公司最大的股东之一。伊丽莎白为这些海盗企业提供资金船只，然后与海盗坐地分赃。获利最多的一次是女王投资于 1578 年德雷克的海盗远征。德雷克率海盗船队劫掠西班牙在南美领地的沿海地区，抢劫了巨额的金银财宝。此次女王投资 5000 英镑，

得到的是 26 万英镑的优厚回报。在伊丽莎白的带动和丰厚利润的驱使下，许多大臣也纷纷投资于海盗活动。

1588 年英西海战使西班牙舰队覆灭了，"无敌舰队"不再无敌，英国受到了鼓舞，最后使西班牙衰落下去，而英国成为世界霸主。

对西班牙的胜利，使女王感到从未有过的兴奋和惬意，这位 55 岁的女王请来了画师为自己画像：她穿着华丽耀眼的上装，箍裙折痕笔挺下垂，尖削的脸颊带有一丝冷漠，显出她的高傲和庄严。她目光中，充满着自信和得意。在她的身上体现了一个新英国形象：自信与高傲。

第四辑 千古女帝武则天

　　落日余晖染遍山川河流，她，以女王之身俯瞰江山社稷，她的卓越不凡，即便现在，依然鲜有女性能够超越。

　　虽不能说"前无古人，后无来者"，但她的确撰写了中国历史上浓墨重彩的一笔。

　　她的身后只默默地留下一座千古成谜的无字碑，留给后人评说。

　　历经烟雨，不变凡尘。

万千绿丛一抹红

笔者犹记得小时候对唐朝历史非常感兴趣，作为中国封建王朝的顶峰时期，唐朝的故事波澜起伏，令人神往。

而众多皇帝又犹爱唐太宗李世民，这位帝王是历史上少有的贤君、明君，他所在的年代被人称为"贞观之治"，天下安平，四海朝服。

他的一生传奇色彩浓厚，演义书籍层出不穷，无事便翻来细看。

阅看过几本之后，逐渐地被另外一个名字所吸引，她就是武则天。

落日余晖染遍山川河流，她，以女王之身俯瞰江山社稷，她的卓越不凡，即便现在，依然鲜有女性能够超越。

2012 年朴槿惠当选韩国总统后，这位韩国首位的女总统受到大家关注。

韩国是一个大男子主义观念非常强的国家，能有一个女总统是非常不容易的事。

在韩国，女人结婚之后是不能去工作的，要在家中相夫教子，所以朴槿惠是以终生不结婚为代价走上政治路途的。

在韩国看来，这是一个巨大的进步，女人也能够参政。

有韩国的朋友曾问过我们，中国也有像朴槿惠一样的女政治家吗？

答案当然是有的，而且是早在一千多年前就有了，即前无古人，后无来者的千古第一女帝武则天。

遥记那时，经常会将武则天与孝庄、慈禧进行对比，探讨后两者为什么没有成为女帝。

后来总结起来无非几点。

第一点，环境不同。

唐朝时期正统的儒学还未被所谓的学者过度的解释，李世民本人又有半个胡人的血统，相比前朝、后世的皇帝，较为开明。加之四海臣服，与胡人通商密集。胡人较为开放的文化与中原文明相融合，也让中原文化一度脱离了传统的儒

学束缚。纵观唐朝所绘的仕女图和妃子图，都是轻纱薄衣，坦胸露背，对妇女呈空前开明姿态。

但唐朝之后，到了宋朝，统治者为了对皇权进一步的加强，儒学大家们因政治需要，两者一拍即合，重新解释了正统儒学，三纲五常就诞生在这样的环境里。

三纲是臣纲、子纲、妻纲。五常为仁、义、礼、智、信。

其中妻纲就是对妇女严厉的束缚，使其不能反抗男权主义。

清朝满人虽是少数民族，比不上汉人对妇女的规矩严格，但入住中原之后，多少都被中原汉族文化渗透，举用汉人为官参政。

是以孝庄、慈禧缺少能够成为女皇的外部条件。

第二，第三点则分别是能力与野心。

武则天虽是女子，却也是中国历代王朝难得的明君。所治时代被称为"贞观遗风"，上承"贞观之治"，下启"开元盛世"。

宋庆龄曾评价她是"封建时代杰出的女政治家"，毛泽东说她是治国之才。

她身怀野心，有帝王权术，又生逢其时，才绘出了中国

历史的一道风景。

就能力而言，其实孝庄也同样是实力非凡的女人，她一生辅助了三位帝王，为满清入关、朝局稳定起过关键性的作用，具有帝王权术自是无可争辩，不过她缺少与武则天一般的称帝野心。

而慈禧具有武则天一般的野心，却没有她的能力，是致使清末孱弱局面的首祸。

所以，武则天的成功实在是中国妇女的神话。

如今烟雨已过万重山，曾经的唐朝早已离我们而去，但神话依旧为人津津乐道。

以武则天为题材的电视剧、电影依旧在今天的荧屏上播放。她的传奇和故事不断为后人所描绘。

洗尽铅华独路行

武则天的一生中，影响她最大的人应该是母亲杨氏。这位母亲在正史中鲜少提及，只有寥寥几笔，但也能看出她对武则天的影响。

杨氏出身名门望族，不惑之年在唐高祖的撮合下，下嫁给武士彠（yuē），武则天是她与武士彠的二女儿，属于庶出。

据史料记载，武士彠因病早逝，武则天早年大部分的时间是与母亲相依为命，在母亲杨氏的谆谆教导下长大。

杨氏年幼时，不喜欢针织女红，却对诗书礼仪颇感兴趣，曾写下："当使恶无闻于九族，善有布于四方。"所以武则天常年受到母亲的熏陶，对诗学、音律等都有相当大的造诣。

除此之外，初唐时期又极重士族门阀之风，杨氏在武氏族里地位低下，所以武则天备受流俗的轻视，铸就了她坚韧狠毒的性格，对她日后的人生产生了深远的影响。

贞观十一年，唐太宗听说了应国公武士彟家中有一聪慧过人、长相俊美的女儿，便召进宫来，一见之下，颇为喜欢，便赐号"媚娘"，封为才人。

帝王心思深如海，在封完武则天才人之后，逐渐对其冷落。后宫佳丽三千，帝王是不会对一位只见过几面的女人产生感情的。而且武则天的性格过于刚强，并不讨帝王的喜爱。

在武则天晚年回忆与唐太宗驯马一事就可以看出。

太宗有一马名叫狮子骢，肥壮任性，没有人能驯服它。

武则天当时侍奉在侧，对唐太宗说：

"我能制服它，但需要有三件东西：一是铁鞭，二是铁棍，三是匕首。用铁鞭抽打它，不服，则用铁棍敲击它的脑袋，又不服，则用匕首割断它的喉管。"

唐太宗听完便夸奖武则天的志气。

可要知道，李世民戎马一生，与马有着不解之缘，他的

每一匹马都有一段传奇故事。

武则天进宫时，李世民已是高龄。人的年岁一高便会异常的念旧，况且每一匹马对李世民来说都是年轻时战场荣耀的象征。所以李世民虽嘴上夸武则天，其实已对武则天有所不满。

从李世民一生所爱的女人看来，长孙皇后和徐慧都是温柔贤惠、有德有才的女子，是以武则天不能得到太宗的宠爱。

为了此事，武则天曾经去请教过徐慧。

徐慧说了一句很经典的话：

"以貌侍人，色衰而爱弛，以才侍人，方能长久。"

武则天这才醒悟，于是之后的日子里，她读了许多书，包括治国经史等，为以后参政打下基础。

不过还未等她有所作为的时候，唐太宗却宣告重病。在唐朝，如果皇帝死了，没有子女的嫔妃要入长安感业寺为尼。

武则天辛苦经营的一切马上就要宣告破产了，她还未曾受过宠就要被打入无尽的寂寞冷夜之中。

她不甘心，她愤恨命运的不公。

也许是她的呼声被上天听到了，在一次巧合的安排下，她遇到了李治。

当时在李世民众多儿子里面，李治是最有可能成为皇帝的皇子。

武则天便借着这个机会与李治暗通情愫。

贞观二十三年，太宗驾崩，武则天被送入感业寺为尼，但很快李治便忍不住对武则天的思念，到感业寺里找武则天诉说情肠。

王皇后见此便心生一计。

因为王皇后无法生育，又不能讨好李治，已被冷落多年，而萧淑妃为李治生有一儿两女，备受宠爱，大有夺位之态。

王皇后为了能打击萧淑妃的气焰，向李治建议招武则天回宫，这一想法与李治不谋而合。

但王皇后不知，这一举措为以后埋下了天大的祸根，苦果也将由她自己咽下。

李治得到皇后许可，便兴匆匆地将武则天从感业寺里接出来，带回宫中。

此后，武则天开始一步步走上皇位。

后宫争斗远比战场的刀剑凶险得多，往往杀人不见血。

武则天经历了唐太宗时期的宫斗，对此了然于胸。回宫不久便如鱼得水，斗倒了萧淑妃和王皇后。

据《新唐书》和《资治通鉴》记载，在安定思公主出生后一个月的时候，王皇后来看望武后与孩子，怜爱并逗弄公主玩。待王皇后走出去之后，武则天将女孩掐死，又盖上被子，等李治来便将孩子的死亡归咎于王皇后。

李治听到女儿被王皇后掐死，勃然大怒，从此有了"废王立武"的打算。

不过这段历史颇有争议，在《旧唐书》和《唐会要》里只记载了小公主的暴卒。

另外在骆宾王的《代徐敬业传檄天下文》里曾痛骂武则天："豺狼成性，近狎邪僻，残害忠良，杀姊屠兄，弑君鸩母。"

文中却丝毫没有提及小公主的事，若小公主真的是为武则天所害，依照骆宾王对武则天的痛恨程度，不可能不说，所以这段历史的真假还要待日后来辨。

永徽六年，武则天顺利成为皇后。

她将已废的王皇后、萧淑妃手脚砍断，放入酒缸中，任其自生自灭，手段非常狠毒。

其实宫中斗争自古如此，对敌人的怜悯就是对自己的残忍，武则天更是其中佼佼者，历代皇帝，哪个面对权位不是如此作为，兄弟儿子尚且不放过，更何况是无关人士。

这么说并非将武则天的过失抹干净，过错依旧是过错，这是无可争辩的。

武则天的心狠手辣不止在后宫，为了扫清她的政治障碍，她从永徽六年到显庆四年的五年时间里，广弄冤案，扫除政敌，先后逼死了名臣诸遂良、长孙无忌等，成为后世诟病最大的地方之一，另一个则是晚年沉迷男色，弄出张易之、张昌宗兄弟俩，权倾朝野，败坏朝政。

显庆五年，高宗李治因患风眩，不能视物，许多国家大事不得不依靠武则天，从此武则天便由幕后逐渐转向前台，临朝听政。

在李治病重的时候，武则天推行了许多政策为其登上皇

位造势。

其中最为明显的就是兴佛教，那时佛教大有替代儒家的势头。

关于武则天造势的故事，非常之多，其中以李淳风与袁天罡的事最为有名。

李淳风的故事，想必看过电视剧的人都知道。

李淳风曾通过天文星象为唐太宗预测后世之事，预料到武则天会夺取唐朝江山，唐太宗从此对武姓人氏特别忌讳。

袁天罡的故事，则是把武姓人氏缩到更小的范围里，直指武则天。

据《旧唐书·方技》记载，袁天罡为还在襁褓中的武则天看相时，曾说：

"龙瞳凤颈，极贵验也！可惜是个男子，若是女子，当为天下主！"

此事真假无法辨清，毕竟写在史书上，但实际效用，最大的受益人就是武则天。

古代百姓对于迷信的事总是深信不疑，既然上天都说武则天是皇帝了，自然就不去想别的弯弯绕绕，武则天的地位就不会受到太大冲击。

传说李淳风和袁天罡曾写过一本名为《推背图》的书，从唐朝预测到世界大同，以其预测准确而闻名于世。

网上有流传过不少这样的图，也看过一二，大都不过是臆想而已。

无字墓碑任由说

公元690年，武则天认为时机成熟，正式称帝，改唐为周，改元天授，尊号圣神皇帝。

成为皇帝后，武则天在农业和科举上又进一步改革。

科举上更为重视人才的选拔和使用，不计门第，不拘资格，只要有才便能得到重用。

她还首创了殿试和武举制度，为招揽人才拓宽了途径，从而诞生出一大批名臣、名将。在她施政的年代里，始终有一批"文似仁杰，武似休武"的能臣干将为其效命，有力地维护着武周的政权。

在农业生产上，武则天时代，农业和手工业都得到较大的发展，跟她用的政策是分不开的。

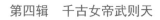

她曾说过："建国之本，必在务农，务农则田垦，田垦则粟多，粟多则人富。"

除了政治方面的建树，军事外交方面，她也做了许多事。

长寿二年，吐鲁番入侵边境，大肆抢劫普通百姓。她派大将王孝杰迎击并打败吐鲁番，收复被吐鲁番强占的安西四镇，复置安西都护府于龟兹，之后还打通了一度中断的"丝绸之路"。

天册万岁元年正月初二，契丹首领李尽忠和孙万荣起兵反叛，攻陷营州，斩杀都督赵文翙。

武则天派将军曹仁节、张玄遇、李多祚等率兵征讨，却误中吐蕃伏兵，全军覆没。

武则天毫不示弱，再次派遣大将前去征讨。直到六月，孙万荣兵败被杀，契丹余众归降于突厥。

她的功绩每每都伴随着过错。

她为了巩固地位，任用酷吏，制造过无数冤案。赃贿如山，

冤魂塞路，弄得举朝上下人心惶惶，政局动荡。

晚年武则天又宠幸张易之兄弟，任由他们干扰朝政，害死宰相魏元忠。武则天母子、君臣关系也因此空前紧张起来。据史料记载，武则天孙女永泰公主因与丈夫武延基和皇兄、时为邵王的李重润一起议论面首张易之、张昌宗兄弟，被处死。

人非圣贤，孰能无过。武则天这些错误和过失，毕竟是她政治生涯中的分支。

圣历元年，武则天年事已高，开始为身后事而担忧。

一次她向狄仁杰询问该如何选定太子，狄仁杰反问武则天："姑侄与母子，哪个比较亲近？陛下立儿子，那么千秋万岁后，会在太庙中作为祖先祭拜；立侄子，那么从未听说侄子当了天子，把姑姑供奉在太庙。"

狄仁杰说完后，武则天陷入沉思。不久之后，便招李显回洛阳，封为太子，决定将天下还给李家。她与狄仁杰这段对话，也因此流芳百世。

神龙元年，武则天病倒在床，张氏兄弟更加肆无忌惮干涉朝政，举朝上下对其不齿。

宰相张柬之、崔玄暐与大臣敬晖、桓彦范、袁恕己等策划政变，为此他们联系了当时的禁卫军统领李多祚，趁着武则天病重之际冲入宫中，将张氏兄弟斩杀，包围武则天的寝宫，要求皇帝退位，史称"神龙革命"。

武则天被迫让位，但她提出几个要求，一是要与李治合葬；二是死后立无字碑。

第一点很好理解，第二点却令无数的史学家为之头疼。

对于无字碑的解释有许多的观点，第一种观点认为武则天立无字碑是因为她功高德大，非文字所能表达。

第二种观点认为武则天自知罪孽重大，会被后人责骂，所以才索性留下无字碑。

第三种说法则认为，武则天是一个聪明的人。她虽做过许多利国利民的事，但也兴过酷刑。在封建社会对女子当政难以理解，史学家又大都是迂腐的书生，与其被他们诋毁，抹杀她的功绩，不如把功过是非让给后人去评论。

这块千古成谜的无字碑就这么屹立在唐墓里，引发了后世对武则天的褒贬不一的评价。

在明清之前，由于理学的兴起，大部分儒学大师，都对其横加评判。

其中说法最为激烈的，当属明清时期的思想家王夫之的评价。

"鬼神之所不容，臣民之所共怨。"

到了近代，随着妇女解放运动的展开，武则天的功绩又重新得到了赞誉，得到了更加客观的评论。

现在如果有机会去旅游，不妨去看看武则天的无字碑，你就会发现一件很有意思的事。

在无字碑上其实有一些细小的文字，斑驳不清，显然很久之前刻上去的，后来经过无数的风吹雨打，又变得模糊了，好似在说，你们的评论、褒贬都不能给这位中国历史上的传奇女人一个定论。

第五辑 "日不落"帝国的维多利亚女王

风流总被，雨打风吹去。

那个"日不落"帝国，早已褪去了最后的一缕荣光，只余几许暖暖的斜阳余晖，在伦敦河的柔波潋滟中，泛出岁月的静静流觞。

曾属于维多利亚女王的时光早已逝去，如今人们坐在咖啡馆中，悠闲地喝着从女王时代产生的下午茶，回味着维多利亚时代的绵长余韵。

谁家少年谁家院

1802 年的一个凄清的夜晚，在直布罗陀的一个简陋残破的军营房间内，一位吉普赛女郎向她面前的落魄颓废的军官预言说，他将会有一位独生女，并且她会成为伟大的英国女王。

他听着军营外的汹涌海浪和士兵们的喝酒打架声，愈发觉得郁闷难安，孤身子影空对残烛暗影，他躺下睡觉，将吉普赛人的荒诞无稽预告，抛入惶惑忐忑的睡梦。

这位军官就是爱德华王子，肯特和斯特拉森的公爵，是一位不得父王宠爱的皇子，满腔愤懑哀愁，郁郁不得志，他想他不可能结婚了，只能做一辈子的鳏夫。

无情偏被有情扰，当他以为被命运捉弄，被抛弃到波涛汹涌的怒涛中时，上天偏偏又向他伸出了眷顾之手。

17 年之后，爱德华王子在天命之年结了婚，生了一个独

生女，取名亚历山德丽娜·维多利亚，这个女孩就是后来的维多利亚女王。

爱德华王子恍然想起17年前的吉普赛女郎的预言时，他相信这是上天对他多年来的流浪孤独生活的馈赠恩赐，他悄悄将这个神秘预告告诉了妻子。

生命，譬如朝露，去日苦多。

当爱德华王子望着女儿的清澈明净的眼眸，听着她那动听可爱的呢喃稚语时，怎么也不会想到自己已时日不多了。

维多利亚8个月时，爱德华王子在一次打猎中受了风寒，感染上肺炎，一病不起撒手人寰。

她妻子牢记丈夫生前的遗言，发誓好好培养小德丽娜，希望看到她坐上黄金御座的那一天。

汉诺威一位牧师的女儿费洛珍·莱恩小姐，做了小德丽娜的启蒙教师。在小德丽娜的清澈聪慧的目光中，莱恩小姐有着天使下凡的轻盈神圣光芒，融化了她的纯洁无瑕的心灵。

从此小德丽娜就跟随老师学习，或朗诵各种隽永明慧的诗文，或骑马徜徉在青葱草原上，或在剧院观看庄严肃穆的歌剧。

施巴特男爵夫人则教小德丽娜做手工，做小硬纸盒并用金箔和绘花来加以装饰，小德丽娜对这些充满了好奇与快慰。

泰格莉尼教她雍容高雅的仪态，切斯特副主教教授基督教史，诺瑟姆伯兰公爵夫人则监督每一堂课程。

在严谨周密的培养下，聪颖好学的小德丽娜在学海中自由徜徉漫步，她对历史、政治、语言和基督教义，无不熟稔精通。

在她 11 岁时两位博学的老师对她进行考核，小德丽娜对答如流字字珠玑，清脆童声飞扬，两位一向稳重严肃的学者，也掩饰不了内心的惊讶与激动，禁不住默默颔首赞叹。

她母亲认为时机已成熟了，将她可能会成为英国女王的秘密，告诉了小德丽娜。

小德丽娜悄悄回到房间，心中五味杂陈，扑倒在床上大

哭起来。

她幡然醒悟，从小终年积日连篇累牍的学习，只是为她铺设登上黄金御座的道路。

她终于明白了，决定接受她的命运。

1837 年英国国王威廉四世去世， 18 岁的维多利亚登基成为英国女王。

刚刚成年的维多利亚在一班大臣的簇拥下，迈着青春的轻盈步伐，带着少女的天真与娴雅，朝着那至高无上的帝国御座走去。

在威斯敏斯特大教堂将举行女王的加冕仪式，大批群臣聚集纷扰着："这个乳臭未干的孩子是从哪里冒出来的？她毫无治国经验，会把国家带到哪里去？"

一个衣着容貌迷人的小姑娘走了进来，大声朗读一份声明，宣布此刻接见各位大臣。

这让所有人都惊呆了。"女王居然独来独往！她独自一人走到我们中间。"

大臣们都向她单膝下跪，亲吻她的手背。她只是优雅矜

持地欠一下身子，然后独自离去。

她是那么年轻，那么漂亮，金色的头发，嫩红的脸蛋，欢快的步伐，她敏锐明智的决定，以及她的单纯、多情与浪漫，迅速慑服了众多大臣的心魄。在伦敦的街市上，也流传着对她的赞誉，如同古老传说中的仙女，她的突然出现如同天外飞仙。

当时 58 岁的首相墨尔本勋爵，也见到维多利亚惊为天人，便把她当作女儿一样栽培。

在经历过多年的空虚、寂寞、压抑如同修道院的生活，维多利亚突然获得了权力与自由之后，激动兴奋，就像推开积尘深厚的窗棂，与映入眼帘的青葱绿草、蓝天流云相遇。

一切都是那么的新奇活泼，骑马、吃喝、跳舞，她最喜欢的还是盛大的舞会，舞客们翩翩起舞如梦幻影，就这样乐在其中，莺歌燕舞，通宵达旦。

当然不仅仅有这些嬉闹游戏，作为女王她还有太多公务要处理，堆积如山的文件放在桌前，但她丝毫也不感到厌烦懈怠，这工作是那样的新鲜陌生，她因此备感快乐。

她与首相墨尔本勋爵成为忘年挚交，墨尔本经年沧桑的智慧，风趣幽默的谈笑，就像一道闪电攫取了维多利亚的心魄，她就像尊爱父亲一样，对墨尔本充满崇拜仰望之情，两人经常一起骑马聊天，谈论包括政治生活等一切事情。

在维多利亚女王 20 岁时，她邂逅她人生的初恋——来自俄罗斯尼古拉一世沙皇的长子——亚历山大二世。

1839 年，21 岁的亚历山大二世周游欧洲时抵达英国，与年轻的维多利亚女王相见。

初次见面维多利亚就对亚历山大一见钟情，亚历山大身着军装，英俊潇洒，双眸璨璨如星，笑意微微若月，两人共坠爱河，一起跳舞就餐骑马，沉醉在相逢爱情的喜悦中。

可是这对才子佳人却横遭政治立场的打压，英国议会对他们的爱情很不满，墨尔本也反对，亚历山大的沙皇父亲也逼迫儿子尽快返回。这对深爱眷恋的年轻人，只能就此转身告别，将心底的思念眷恋，留给无尽的时光去追缅。

这年女王的婚姻大事也被提上了日程。

维多利亚认识了比她小三个月的表弟萨克森科堡与哥达阿尔伯特亲王。

不过刚开始维多利亚骄傲地拒绝了阿尔伯特的求婚，她依然想享受自由浪漫生活，但不久之后的宪政危机使她成为众矢之的，让她感到孤独和无助，她不得不屈从了政治婚姻的安排。

他们于1840年2月10日举行了婚礼。

维多利亚女王结婚时，穿上了一袭由漂亮的中国锦缎制作的白色礼服，拖尾长达18英尺，并配上白色头纱，从头到脚的纯白色惊艳全场。她的这一惊人之举，迅速成为风尚广泛流传，西方婚礼上新娘身穿白色结婚礼服也成了流传至今的习俗。

维多利亚女王希望成为一个坚定的统治者，却错把固执当作力量。她缺少非凡的智慧，需要帮助和引导，幸运的是她选对了人，也就是阿尔伯特。

当阿尔伯特只有 11 岁的时候，他曾说："我要做一个善良有用的人。"维多利亚第一次明白自己将成为英国女王时，她的回答也如出一辙，"我要做个好人。"多年后他们的生活和处事方式，成为整个国民生活的典范，他们被称为"梦幻组合"。

刹那芳华红颜旧

阿尔伯特亲王是一个极具魅力、举止优雅的男人，他学识渊博，兴趣广泛，酷爱技术、绘画、建筑，是一个出色的击剑师，还精通古典音乐。他们被公认为是一对模范夫妻：彼此忠诚，相敬如宾，甚至从未说过有损夫妻关系的激烈话语。

他们婚后生活得越久，维多利亚就越发现丈夫不仅在外表举止上是那么无懈可击，他豁达的性格，就像宽阔无垠的大海，愈发吸引着维多利亚的心，她将阿尔伯特当成一棵大树，可以在他的怀抱中，不惧任何风雨。

维多利亚在这无垠大海中肆意徜徉，心甘情愿去做那大海柔波中的一株小草随波摇曳。她开始慢慢舍弃曾倾心过的伦敦都市的热闹与逸乐，觉得只有在乡间才感到愉悦快乐。

他们婚后的新居在远离伦敦都市的东郊，在美丽宁静的泰晤士河畔。

阿尔伯特是一个有治国才干的人，"入赘"英国后，他把精力放在工业革命新成果和底层人民生活上。1851年他力排众议为伦敦世博会修建了著名的"水晶宫"，并在世博会上展示英国的新科技成果，结果轰动全球大获成功，这次世博会共吸引了600万人参观。

英国前后几任首相都敦促女王："让亲王殿下参与朝政。"女王后来采纳这一建议，开始在国事上倚重丈夫。

每当女王起床后，就发现丈夫已经坐在桌子前，阅读处理那些政府文件了，他已经写好了批令和指示，只待女王签字就可以了。

从此女王开始享受这种处理国事的便利舒适，可是这也极大地损害了阿尔伯特的身体健康。面对堆积如山的文件，他不得不更早起床来阅读批示。

1846年以后，女王和阿尔伯特亲王坚决反对外交大臣帕默斯顿的对外政策，逼使帕默斯顿辞职。

他想维护女王和皇室的权威尊严，却无法阻碍英国的自

由主义运动，如同塞万提斯笔下与风车搏斗的唐·吉诃德，他的勃勃雄心决定他只能是一个悲剧无奈的人物。

1861年阿尔伯特亲王去世，女王的世界崩溃了。

女王离开伦敦，将自己禁锢在房间里。"世界已经死去了"。她在给亲戚的一封信中写道。女王很长时间没能从悲痛中恢复过来，黑色成为她余生40多年衣服的主色调。她脸上的表情经常是悲伤的、冷漠的，有时呈现出焦躁不安，那背后隐藏着的是她对丈夫的永恒怀念。

1868年11月的大选，自由党党魁格拉斯顿获得全面胜利，这是英国自由运动的再一次高涨。

在英国以前被认为是属于下层阶级的宪章运动已被越来越多的上层人士所热忱谈论，共和论调到处泛滥。万国博览会广场成了政治集会中心，在那里成天有人在宣讲激进观点，君主立宪制不断地遭受着诘难与质问。

作为君主制的象征，长期隐居的女王成为各种自由主义激进分子攻击的靶心。

女王在民众心中的形象也日落千丈，到处都是攻击君主制诽谤女王的愤怒言论，群众激情如同点燃之干柴迅速在全国燎原泛滥。

这是维多利亚女王一生最为凄惨的时刻，在这一场喧嚣大潮之中，维多利亚以她纤弱之躯抵挡着反抗着。她经常在朝廷上大发雷霆，但是她的声音太微弱了，面对那些洪水般向她袭来的愤怒咆哮，她心力交瘁徒唤奈何。

许多人认为女王经过这样的打击后，将只是一个受人操纵的木偶，但是他们错了。

维多利亚是一个悲伤的寡妇，但也是大权在握的君王。

由于她的调停，俾斯麦在法普战争中放弃了轰炸巴黎的计划。维多利亚女王是对爱尔兰实行铁血政治的坚定支持者。

她一生共遭遇过 6 次谋杀，全都是爱尔兰人策划的。

他们见刺杀女王无望，就炸毁了阿尔伯特亲王的雕像。

英国还让俄国在 1877—1878 年与土耳其的战争中取得的胜利果实几乎化为乌有。

当时俄军离伊斯坦布尔只有一步之遥，俄土双方签订协议，将巴尔干半岛的一部分土地归属俄国。而维多利亚不希望看到俄国势力深入到巴尔干半岛，她以武力和外交双重施

压，迫使俄国做出退让。

她在位后期，转向保守党并同首相本杰明•迪斯雷利结为至交，积极支持他的殖民侵略政策。在这时候，印度成为英国的殖民地，这是大英帝国王冠上的一颗明珠。

1877年1月1日维多利亚正式即位印度女王。一向简朴的维多利亚穿着珠光宝气的礼服，她皇冠上那颗重109克拉的"科伊努"宝石闪闪发光，无论是维多利亚还是大臣们都被这雄壮华贵的场面所感染。

烟雨空渺慰平生

随着岁月流逝女王日渐衰老，她原本就不谦和的性格愈发暴躁。她无休止的挑剔和不满使她的大臣们难以忍受，女王的孩子们也有同感。

维多利亚是一个严厉的母亲，对亲人经常表现出令人难以置信的吝啬。长子爱德华因送给妻子贵重的首饰而受到惩罚，女王很妒忌儿子、儿媳伉俪情深。

当爱德华结婚时，许多人都认为女王将很快让位，但是不停操劳国事的女王并不急于逊位，结果让爱德华整整等了40年。

1887 年和 1897 年，英国举行隆重大典，庆祝女王登基 50 周年和 60 周年，并借帝国各属地代表聚集伦敦之机，举行帝国殖民地会议，利用女王声誉巩固大英帝国的统治。在维多利亚统治期间，英国从一个普通的欧洲国家成为一个强大的帝国。

年老的臣民们回忆起60年前那个年轻、美丽、娴雅、充满朝气的姑娘。

中年人的记忆里也再现出与阿尔伯特一起出席万国博览会的那位风韵楚楚而又不失端庄的夫人，他们发现这个女人身上所透露的勃勃生气、活力、诚意、骄傲与直率永远没有改变。

对于年轻一代来说，在那个老年妇人的身上，他们更感到一种诱人的神秘魅力，他们一生下来就笼罩在这种神秘气氛中，让他们崇拜、敬仰，人群中最狂热的欢呼正是来自他们。

由于她的不懈努力，英国的文学、艺术、科学昌盛，经济繁荣，英国的生活方式如下午茶，也从那时候成为世界各国人民所追逐仿效的对象。"维多利亚时代"被许多英国人所怀念。

正是在英国所谓的繁荣稳定的维多利亚时代，中国遭受

了来自英国殖民者铁蹄的蹂躏。

1842 年 12 月 28 日，她一脸微笑批准了《南京条约》，为英国又打开了一个新的殖民地而踌躇满志。

即便是在她身患重病奄奄一息的弥留之际，她最不放心的却是在南非进行殖民战争的侵略者们，她拖着病躯，用手势及书写的方式询问关于战争的一切细节，她作为大英帝国的君王威仪，在这种贪得无厌的殖民行径中获得了最充分的表现。

由于女王对家庭倾注了巨大热情与精力，她在家庭中的地位也达到了顶点，庞大和睦的家庭使她享尽了天伦之乐。

她所有的子女都已成婚，她的孙辈、曾孙辈也在迅速增加。

在她晚年，其曾孙辈已达 37 人，有一幅巨大的全家福挂在女王的温莎卧室里，五十几个晚辈济济一堂，他们簇拥在女王身边，她面显微笑、和蔼可亲。

维多利亚女王是一个复杂体，她有时温柔、天真、善良，有时却又强硬、狡猾、冷酷；她对时代潮流采取顺应、随和之态，有时却又顽固地与之对抗；她对内尽量地保持着慈善与大度，对外却贪得无厌拼命支持殖民扩张。

1900 年 12 月英国纪念阿尔伯特逝世 38 周年。每年这个时候，女王都会在日记里写下相同的话语："你的去世是一个巨大的悲剧，我的人生从此支离破碎。"这一次，女王似乎预感到自己末日的来临。

于是她去了怀特岛——她和阿尔伯特喜爱的地方。在这个幽静的地方，维多利亚写下了遗嘱，她死后要穿上白色衣裙。

1901 年 1 月 22 日，维多利亚女王卒于怀特岛，享年 82 岁。

英国人听到她的死讯，感觉就像到了世界末日。即使是最恶意的批评家也无法否认，在维多利亚统治期间，英国成为一个强大的帝国，并不断壮大发展。

这是女王给英国人留下的最好遗产，也是对她一生政绩最有力的评价。那些坐上帝位的其他女人，再没有人像维多利亚一样，如此出色地完成了女王的职责，同时又如此拥有作为平凡女人的幸福。